I0591597

Otras veces no sé

(colección de relatos breves)

Otras veces no sé

(colección de relatos breves)

Keiselim A. Montás

Para Kianny N. Antigua y Mía Montás Antigua,
mis protagonistas.

Y para mi papá, Cristino Montás
(Roosevelt —Malliguín—),
por alimentar mi cuentística.

Índice

De aquí

Unas veces despierto

De allá

Otras veces no sé

Prólogo

Keiselim A. Montás sabe, siempre sabe

¿Verde y con punta?, ¡es guanábana! Así referencia la cultura popular lo obvio, mientras da crédito a una intuición suficiente, que considera innecesario investigar. Así también nuestra contemporaneidad, con su desmesurado apuro y sus muletas tecnológicas, prefiere muchas veces la cómoda etiqueta al pensamiento gustoso y descubridor. Sobre esas premuras quisiera advertir al lector antes de que haga suyas las historias de *Otras veces no sé*, libro donde lo obvio es un espejismo, un despeñadero, nada extraño en un autor como Keiselim A. Montás, que escribe desde la tradición oral campesina, sabichosa, burlona, engañosamente simple.

Una primera advertencia. Las piezas de este libro suelen ser muy cortas, pero no son minirrelatos, esa forma narrativa hoy de moda y que muchos confunden con la brevedad a la hora de contar. Los minirrelatos no se definen por su extensión sino por su intensidad y por la operación lectora que proponen, al dejar parte de su historia sumergida e invitar al lector para que la complete a domicilio. Como ocurre en el arte contemporáneo, el minirrelato traspasa al lector la responsabilidad de dar sentido, sus textos son solo provocaciones, estímulos, mediadores destinados a impulsar conexiones que el lector hará de acuerdo con su peculiar experiencia. Los cuentos de este libro nada tienen que ver con eso. Son narraciones cortas pero completas, una forma que ha existido desde que la literatura es literatura y que, en el caso de este autor, echa raíz en la oralidad popular.

Porque Keiselim A. Montás es un escritor singular dentro de la narrativa dominicana, tantas veces obsesionada con la "alta cultura" europea o norte-americana, demasiado pendiente de lo que se aplaude afuera, en detrimento de la extraordinaria cultura popular que los dominicanos viven y gozan todos los días. Pero, atención nuevamente a las apariencias, esas resonancias populares son recreadas aquí por un autor culto y que, en su condición de tal, pone en movi-miento un repertorio variopinto de registros técnicos sin que el esfuerzo se haga de notar. Así, la brevedad y los recursos que este autor ha heredado de las formas orales (los finales inesperados, el fraseo irónico, los giros ingeniosos, las formas del habla popular, el tono confesional que ninguna complejidad estética parece pretender), sirven ahora para poner en resonancia muy esenciales conflictos humanos.

El primero de estos es la migración, los encontronazos del hombre desplazado, tantas veces atrapado (para bien o para mal, eso depende de cada quien) en una multiplicidad de códigos culturales que deberá asumir a pecho descubierto, procesar, y convertir en herramientas de vida. La condición del transtierro (para usar una palabra cara a Keysi) apenas es mencionada en las historias del libro, pero gravita sobre este con un peso decisivo. Es la esencia de su organización, la que divide un "De aquí" de un "De allá", que en este caso no son solo delimitaciones espaciales sino conceptuales, afectivas, idiosincrásicas; la que nos recuerda que existen otras dos patrias entrañables y no fijadas en los mapas: el sueño y la vigilia, a cuál de las dos más tormentosas.

Lo popular, cuando lo es auténticamente, se define por un diálogo inmediato entre las formas de expresión y la realidad. Las manifestaciones populares son respuestas a problemas muy concretos que plantea la cotidianidad. Más allá del uso desprejuiciado que Keiselim A. Montás hace, la anécdota, la estampa o la reflexión autorreferencial, la gran herencia de la literatura popular en este libro queda fijada también en la eficacia con que asume asuntos entendidos por la narrativa al uso como menores, poco importantes, e incluso escatológicos. De tal modo, el estreñimiento puede ser en estos textos asunto suficiente para hacernos sentir la fuerza de la solidaridad y el amor filial ("Empatía"); al tiempo que una invasión de alimañas da motivo para desarrollar uno de los tópicos dominantes en el libro, los desencuentros entre la modernidad y la tradición ("El abuelo fastidioso").

Pocos conflictos son tan esenciales para nuestros paisanos caribeños como la forma en que el vertiginoso desarrollo tecnológico se asume en tanto superación de la tradición cultural propia, cuando en realidad esa tradición cultural sería la llamada a llenar de sentido específico los nuevos códigos culturales que portan dichas tecnologías. No es casual, entonces, que este tópico irrumpa una y otra vez en la sección de narraciones que dentro del libro exploran la realidad dominicana: a veces a través del absurdo ("Con el sudor de sus frentes"), otras como consecuencia de la tonta vanidad ("Para echar lujo"), y aun otras encarnadas en un olvido de las pertenencias que roza el desarraigo, como el caso del profesor empeñado en dejar testimonio de un otoño que en nuestros países no existe fuera de las imágenes impresas más al norte o más al sur ("Las hojas de otoño").

Y aquí me detengo. El lector está advertido. Entréguese en cuerpo y alma al disfrute del libro, déjese ir sobre la gracia y la familiaridad que Keiselim A. Montás logra en sus historias, pero esté alerta, no deje que las apariencias lo confundan porque, tras la naturalidad de su factura formal, esta colección de cuentos se plantea conflictos esenciales para todos nosotros. Y, sobre todo, no dé nada por obvio; a fin de cuentas, verde y con punta podría no ser guanábana sino aguacate.

José M. Fernández Pequeño

De aquí

Self-help

Finalmente tuvo el coraje suficiente para hacerlo; no sin que le sudaran las manos, lo hizo. Con su dispositivo electrónico cara a cara, y a bocajarro, se lo preguntó:

—¿Cómo le pido a una chica que salga conmigo?

La máquina, con su tono de voz fañoso, no titubeó en responder:

—Eso es muy fácil, difícil es que te diga que sí.

Empatía

Nunca he sufrido de estreñimiento; mi vida en el excusado ha sido feliz, con excepción de una que otra ocasión pasajera. Mi pequeña hija, por el contrario, se estriñe.

Antes de ayer me pasó lo que nunca; no sé qué comí o qué pasó, pero en toda mi existencia había tenido que pujar igual. Fue tanto, que antes que otra cosa me salieron lagrimones.

Ayer volví a llorar: fui a buscar a mi pequeña a la escuela y se puso loca de contenta de verme. La invité a comer lo que quisiera y pidió pizza. A comer pizza nos fuimos. Comió poco y estando aún en el restaurante, me pidió que la llevara al baño pues quería hacer "cacá y pipí". Sentada en el inodoro me pidió que la agarrara de las manos. Comenzó a pujar. La escuché decir, entre pujo y pujo: "¡Vamos cacá, tú puedes, vamos!"

Sufrí su estreñimiento más que el mío.

(colección de relatos breves)

A ciencia cierta

Hace varios días que de camino a la oficina ves cintas color naranja en algunos árboles a la orilla de la carretera. Recuerdas que cuando te mudaste a estas partes, te explicaron que con el otoño se abre la temporada de cacería de venados. Caes en cuenta que es noviembre.

De regreso a casa, notas que hay más venados que nunca cruzando la carretera o pastando en el patio de algún vecino.

Hoy, de regreso a casa, ves cruzar un zorrillo y divisas a lo lejos el brillo en los ojos de un venado cuando los ilumina la luz alta de los faroles de tu auto. Tomas la curva después de la primera subida. Llegas a la intersección del pueblito con complejo de zona urbana —ya que es una sola carretera principal que lo atraviesa y sobre esta está la pequeña biblioteca, el puesto de bomberos (voluntarios) y la tienda general; al lado de la cual un anuncio pintado a mano predica: "Bienvenido al Centro de la Ciudad".

Sigues y tomas la siguiente cuesta. Cuando

llegas a la cima no estás seguro si viste el fulgor del fogonazo o si escuchaste el estruendo; sabes, a ciencia cierta, que ese disparo que te atravesó de seguro era para un venado.

El cartero

Llegó del trópico al País Norte en la primavera, y se empleó en lo único que sabía hacer: cartero. Se aprendió su ruta y entabló amistad con todas las personas a quienes a diario entregaba cartas y paquetes. Pasaron los meses y, por mucho que se lo advirtieran, no entendió —se rehusó a entender, hizo caso omiso o no quiso aceptar— la severidad de los inviernos en estas partes. Llegó a preguntarse que para qué le habían dado tantas piezas de uniforme en la puesta que le entregaron para invierno: gorro de lana y orejeras, camiseta interior y calzoncillos largos de algodón, camisa mangas largas, suéter, abrigo grueso, chaleco reflectante, impermeable, correa, pantalones de lana y unas grandes y pesadas botas. "Ni que me fuera de alpinista al Everest" —pensó. Se imaginaba más gordo que Santa Claus con todo eso encima.

Sufrió. Sufrió en los huesos el frío seco, el frío mojado, el viento, las nevadas, el hielo, la lluvia congelada. Aún así no podía concebir, ni en su imaginación, que en verdad el invierno fuera témpano.

La primavera se hizo esperar hasta que ya se había resignado a morir en un traje de cristal, pero llegó y, por igual, ¡no se lo creía! Entregaba las cartas canturreando de contento. ¡Qué maravillosa es la primavera!

Comenzó entonces un proyecto de vida: según entregaba cartas, y con la excusa de una supuesta encuesta, recogió la dirección de correo electrónico de todos y cada uno de los moradores de su ruta de servicio. El invierno siguiente, apenas salía a entregar paquetes; todo lo demás, desde recibos de pago hasta intimidades, lo transcribía y mandaba por "e-mail" desde la computadora que se había instalado en la salita de su apartamento, justo al lado de la estufa.

(colección de relatos breves)

A 68 millas por hora

Durante los años en que fui oficial de policía en el Departamento de la Universidad de Nuevo México, Albuquerque, y como tenía matrícula gratuita, tomé varias clases de dibujo, de literatura, de fotografía, etc. Claro, también tuve que asistir a la Academia de Policía, promoción 141, en Santa Fe, Nuevo México. Tengo muchas cosas que contar sobre esa experiencia que duró tres meses y medio, viviendo interno en la academia de domingo a viernes, pero por ahora hablemos de una.

Para la certificación de uso del radar de velocidad *FALCON True Doppler Radar*, trajeron a un especialista del Departamento de Policía de Río Rancho cuyo nombre no recuerdo. Durante la clase, el instructor nos contó varias historias sobre sus experiencias usando el radar, y de entre ellas, recuerdo aquella sobre una señora mayor a quien él había detenido por ir a alta velocidad en un famoso tramo de carretera recta en Río Rancho, y quien insistió en que la multara, cuando él simplemente quería hacerle una advertencia.

Fue durante una clase sobre feminismo en la literatura mexicana que la profesora, quien, si mal no recuerdo, era Tey Diana Rebolledo, nos contó que una vez manejando desde Río Rancho a Albuquerque, la paró la policía. Iba sobre Unser Boulevard, la famosa carretera recta (de unas nueve millas) que atraviesa casi todo Río Rancho de norte a sur.

—¿Sabe usted por qué la detuve? —Le preguntó el oficial.

—No, pero supongo lo que usted me va a decir —le contestó entre asustada y emocionada.

—Pues veía usted a 68 millas por hora en esta carretera en donde la velocidad máxima es de 45 m/h. Permítame su licencia, registración y seguro —y con ellos en mano volvió a su carro de patrulla.

Cuenta la profesora que era la primera vez, en cuarenta años conduciendo, que la paraba la policía. No se lo creía, estaba emocionadísima y ansiosa de poder contarle a sus amigos de esta aventura, que era sin dudas toda una hazaña. Minutos después regresó el policía y devolviéndole sus papeles le dijo:

—Como tiene un récord limpio, solo le quiero advertir que maneje con cuidado. Que tenga buen día.

—¿Pero no me va a dar una multa? —dijo confundida y con tono de decepción en la voz, y le rogó —. Deme, por favor una multa, pues sin pruebas luego no me van a creer que me paró la policía.

Renuncia

Desde mi posición de pobre siempre he sabio que el tener que trabajar es una pérdida de tiempo libre; sí, lo sé desde hace tiempo. Y puedo hablar de ello con autoridad, pues llevo más de veinticinco años de práctica laboral. Y eso es un problema, ¿o no?

Si es un problema, entonces ¡no hay problema! Mi profesor de Aritmética de séptimo grado, Daniel López (mejor conocido como Ñaquín), siempre decía que "un problema es algo que tiene solución; de no ser así, entonces no es un problema sino algo con lo que uno tiene que aprender a vivir". Lo dicho, llevo más de veinticinco años y no aprendo a vivir con ello. Supongo entonces que es un problema, ¿o no?

Resuelto a solucionar todo esto, hice mis estudios de lugar sobre la situación y llegué a la conclusión de que el asunto radicaba en mi posición de pobre dentro del sistema económico imperante; de no ocupar esta posición, no sufriría las penurias que estoy pasando y tendría tiempo de sobra. Así, resuelto, me he dicho a mí mismo: "¡Entonces no más! ¡Renuncio!"

Sin otra contemplación, preparé la carta de lugar y un lunes temprano me presenté en la oficina central del banco donde mantengo mi cuenta corriente (no en mi sucursal local) —supuse que era el mejor sitio para hacerlo— y presenté mi renuncia.

Pues, ni modo, no me la quisieron aceptar.

Patriarcado en tres actos

(Acto III: Zigzag)

Regresaban de visitar a los abuelos: papá y mamá al frente (papá al volante); Mario, de once años, en el asiento trasero, con toda su atención en su móvil, texteándose furiosamente con alguien; María, con sus catorce, se aventuraba a conversar con sus padres e iba sentada al centro, con los codos descansando sobre los espaldares de los asientos delanteros.

Se escurrió la conversación al tema de "estos tiempos" y a "la perdición de la juventud". María opinó que "si yo tuviera novio, y él quisiera, —pues ella no veía nada de malo en ello— me lo metería en la boca." No bien había terminado de decirlo, cuando el automóvil zigzagueó al tiempo que el papá le cruzó la cara de una bofetada que le rompió el labio inferior, y gritándole dijo: "¡Eso es un pecado!" La madre pensó para sí: "Hipócrita, tanto que te gusta que te lo mamen".

Bendición tía

Esto pasó cuando mi hija Mía apenas tenía tres años y medio. Fue en mayo de 2015, y habíamos ido de visita a mi pueblo natal. Que conste, que, en nuestro empeño de crearle querencias en la tierra de sus padres, era su tercer viaje a la República Dominicana en su corta edad. Esto, hemos creído, es especialmente importante para nosotros, pues la familia más cercana que tenemos de donde vivimos y donde nació ella, son unos primos que viven en Boston, a dos horas y media de nosotros.

Eso de cultivar en los hijos amor por la tierra natal y por la patria, no es tarea fácil pues ellos ven las veces que uno maldice y reniega de la patria; no por la tierra, no por la familia, no por la gente, sino por el maldito Gobierno. Aún así, uno se empeña por enseñarles el idioma, las costumbres, el orgullo, etc. ¿Será que uno busca en ellos acercamiento, pues ellos son la prueba de nuestra creciente distancia?

(colección de relatos breves)

Sea como sea, ese mayo, cuando fuimos a visitar a una tía, yo, de forma inconsciente (que es como mejor se manifiesta la cultura), saludé a mi tía con la salutación de siempre: "¡'ción tía!". Y como lo de esperar es que, por respeto y buena costumbre, los menores hagan igual, me quedé esperando a que Mía también pidiera la bendición. Pero y cómo… En nuestra casa no somos religiosos ni mucho menos, ni tampoco ella nos pide la bendición (o nos besa la mano, como decimos) a nosotros. Y cierto, para el pueblo dominicano, eso de pedir la bendición tiene una historia más profunda que una cicatriz.

Sin todavía darme cuenta, de dije a la niña: "Pero Mía, ¡pídele la bendición a tu tía!" y ella me miró con cara de inocente desconocimiento. Yo, para que me entendiera (y, sin saberlo, como queriendo demostrar que la niña era tan dominicana como yo), le dije: "Mía, que le beses la mano a tu tía."

Mía agarró la mano a la tía y, literalmente se la besó.

Una sola historia que valga la pena contar

Llegó a casa cansado y acomodó su nuevo *Amazon Kindle Voyage ebook Reader* sobre su escritorio, justo al lado de **POEMAS de GUADALUPE**, de José Kozer (Ediciones por la poesía, Buenos Aires, 1973), *plaquette* número 315, de una edición de quinientos ejemplares, que el poeta mismo le dedicara en abril de 1996. Su pequeña hija lo recibió con unos besos más dulces que de costumbre y, como de costumbre, él se sentó en la mecedora con su niña en las piernas y comenzó a canturrear una nana para que se durmiera. Lo más probable es que él haya comenzado a cabecear primero que ella.

Volvió al escritorio después de dejar a la niña en cama y se puso a ojear en *Facebook*. Vio un anuncio de la gran editorial mexicana Fondo de Cultura, donde un *ebook* reader le decía a un libro: "¿Otra vez el mismo cuento?" y el libro le contestaba: "Es el único que tengo".

Momento seguido vio que su nuevo Amazon *Kindle Voyage*, mirando de reojo a la *plaquette* que le quedaba al lado, le dijo burlonamente y entre dientes:

—Yo vengo ya con dos mil libros —a lo cual la *plaquette* contestó:

—Aunque tengas dos mil libros, estos escasos poemas que tengo entre mis páginas están anotados por un curioso lector y fui dedicado (de puño y letra) por mi autor, José Kozer. Ahora dime, primo electrónico, ¿qué se siente saber que, aunque tengas dos mil cuentos, no tienes ni una sola historia que valga la pena contar?

Tardanza zen

Iba tarde, y al reconocerlo comprendí que ya no podía cambiar esa condición. En vez de pisar más fuerte el acelerador, respiré profundo.

Íbamos llegando ya al estacionamiento de la escuela de Karate a donde iba, precisamente, a llevar a mi hija. Tuve la sensación de que el vehículo que venía detrás desesperaba. Puse la señal direccional para indicar mi intención de doblar a la derecha y entrar al largo estacionamiento que ya se aproximaba; pero en vez de usar la primera entrada, opté por la tercera que da justo al frente del local de la escuela.

Cuando doblé en la entrada, noté que el vehículo que antes venía tras mío había cruzado apresuradamente en diagonal, atravesando el estacionamiento justo en frente de mí, y que su conductor me miraba como si yo fuera el culpable de su tardanza.

Al conductor lo reconocí de inmediato: era el profesor de Karate.

Cuento largo

Me llamaba de vez en cuando, pero era por horas que me mantenía en el teléfono contándome los pormenores de cosas que, para serles honestos, me son de poco interés. Yo, por cortesía, me aguantaba; pero me sacaba de quicio que siempre me dijera: "Para hacerte el cuento más corto…", y con eso era otra media hora sin callarse.

Ya no pude más, y esta vez cuando me dijo otra vez eso de "para hacerte el cuento más corto", le he dicho: "Mejor no me hagas el cuento", y le colgué.

Lluvia bendita

Otra vez volvió a nevar ayer. Nevó todo el día. Cayó tanta nieve y con tal intensidad que, por momentos, no se podía ver la acera de enfrente. Antes de anoche, de regreso a casa, nevaba así también y tuve que encender las luces intermitentes de "peligro", y manejar como si gateara en cuatro ruedas, pues apenas se veía nada pasados dos metros enfrente del carro.

Anoche llegué a casa exhausto y aunque seguía nevando, era cosa de copitos leves; nada como lo que caía antes de anoche. Lo que caía era leve, pero la montaña de nieve que me esperaba en la entrada de la casa no era leve. Pensé en Néstor Rodríguez, allá en Toronto, y en la motoniveladora que pasa por su casa. Sabía que no estaba en condiciones de palear, ni mucho menos de ponerme a operar la máquina tira nieves, con su monstruoso peso, ruido y vibraciones. Sobre las dos de la tarde me habían sacado una muela.

Aunque mi vehículo es un 4x4, con ruedas de invierno, al saltar la pila de nieve en la entrada patinó y refunfuñó un poco (temí que se quedara montado en el chasis, con las ruedas en el aire), pero entró. Salté del garaje a la casa con la nieve hasta los muslos, y una vez en el calorcito del hogar, me tomé una sopa, dos calmantes para el dolor, y me puse una bolsa de hielo en el cachete izquierdo para contrarrestar la hinchazón. Luego comencé a preocuparme por la nieve.

Sabía que una vez pasara la motoniveladora del pueblo y empujara toda la nieve de la carretera hasta la entrada de mi casa (pues es como si aquí viniera a depositar la nieve que cae en todo el pueblo), no iba a poder salir; peor aún, según el pronóstico del tiempo, tendríamos altos vientos y bajas temperaturas el resto de la noche, y un cambio rotundo para el fin de semana siguiente: lluvias y altas temperaturas. Temí que esa noche todo se convirtiera en hielo. No estaba en condiciones para palear y, resignado, me acosté con la esperanza de levantarme temprano para enfrentarme a lo que fuera.

Desperté a las dos de la mañana y comencé a esperar las cuatro para levantarme a lidiar con la nieve, para así poder salir de la casa a la hora de siempre, evitando llegar tarde al trabajo. Las cuatro a.m. no llegaban, y cuando por fin las dieron no lo supe, pues había conseguido dormirme. A las 4:22 a.m. abrí los ojos, miré el reloj y decidí levantarme a las cinco para solo abrir un trecho por donde sacar el carro, e intenté volver a dormir. Tuve poco éxito en el intento, y creo haber dormido escasamente unos minutos antes de las

(colección de relatos breves)

4:55 a.m., hora en que desperté de un leve sueño en el cual miraba por la ventana, llovía, y la lluvia había derretido toda la nieve. ¡Bendita lluvia y maldito despertar!

Unas veces despierto

Lobo

Siempre gritando: "¡Lobo, lobo, ahí viene el lobo!", y nadie le hacía caso; pasó años en eso.

Esa tarde vio al lobo acercarse; se llenó de aire los pulmones para comenzar a gritar. Pero, después de una pausa, se encogió de hombros, exhaló y apenas dejó escapar (casi para sí) un "Eh, coño".

Patriarcado en tres actos

(*Acto II: Cenicienta y Príncipe*)

Acababan de llegar de la escuela y encontraron que sus padres tenían visitas. Mario, con seis años, leyó el poema de amor que le había escrito a una compañerita de curso. Sus papás, muy orgullosos, se lo celebraron tanto. María, que tenía nueve, trajo el disfraz de sirvienta que usaría para su papel de cenicienta y se lo puso para mostrarlo, orgullosa, a sus padres; ellos, casi a una voz, le dijeron que "o alargan esa faldita, o ese papel tú no lo vas a actuar en toda tu vida, ¡pues tú no vas a vestirte de puta!" Y acto seguido volvieron sus ojos sobre Mario y sonrieron.

Mario, a su vez, volcó su atención sobre los visitantes y dirigiéndose a la elegante señora, le recitó el poema diciéndole que ahora era de ella de quien estaba enamorado. Con la misma frescura, se le acercó y le plantó un beso en la boca. Los papás se rieron y se lo celebraron tanto, diciendo, casi a una voz, "¡Ese sí que es un macho de hombre!"

Lo humano es puro teatro

No sé si hablaba con alguien por teléfono, o si hablaba en voz alta consigo mismo; ya es imposible saberlo con tanto celular por todas partes. Antes, si te encontrabas a una persona hablando en voz alta y caminando o esperando el autobús, ya sabías que a dicha persona le patinaba el cloche. ¡Ahora es imposible saberlo! La cosa es que mientras esperaban el tren oíste claramente lo que decía:

"Todo lo que conocemos es falso, cada gesto; todo lo que imitamos es falso.

'Todos los libros, el cine, el teatro, la ópera, la vida misma: todo es invención, copia y pretensión.

'No sabemos cómo ser. Nunca hemos visto en público un ser genuino, todo es actuación; hasta los personajes que conocemos son imaginados: los villanos, los héroes, a todos los inventó alguien. No ha habido cámara que nos representara la verdad, sino la imaginación de alguien sobre la vida de alguien más.

'Falso todo.

'La autenticidad es, también, una impostora".

Idilio

—Sé lo mal que se siente que te hayan tratado como un objeto, como un pedazo de carne, como una presa. No te sientas mal; tú vales; tú eres una mujer y, como todas las mujeres, eres un ser humano, no un animal que se pueda cazar salvajemente —le dijo la consejera.

—Lo que me dices tendría validez y aliviaría mi dolor solo si ellos dejaran de cazarnos —le contestó.

El abuelo fastidioso

Desde el principio a los chicos no les gustó la idea de tener que viajar con el abuelo, pero como era su primer viaje al campo, tuvieron que resignarse. Para los chicos todo lo que el abuelo decía les parecía inútil y pensaban que se la pasaba fastidiándolos a propósito. Entre ellos lo llamaban "el abuelo fastidioso", pues siempre estaba con su cantaleta: "Que limpien el baño; que recojan el reguero; que boten los papeles sucios del cesto del baño; que no dejen comida regada; que sequen el piso, etc.".

Pasaron los primeros cuatro días, en los cuales y a cada rato, el abuelo fastidioso hacía mala sangre por la desorganización, el desorden y la inutilidad de los chichos. Muchas veces tuvo que aguantarse ("Tranquilo, tranquilízate" —se decía así mismo), para no hacer las cosas por ellos: limpiar el baño, barrer el cuarto, recoger los zapatos, mochilas, bolsas, etc. Y regueros por todas partes... Pero como ya lo había hecho una vez ("Sí, todo") y como se quejó, lo explicó, lo razonó con ellos y lo ejemplificó, decidió dejarlos a su suerte: si se acaba el agua, problema de ellos; si se acaba el papel higiénico, problema de ellos, etc., etc.

A la quinta noche, después que esa mañana descubrieron que algo había comenzado a roer las barras de chocolate y nueces, los dulces y el pan que habían dejado tirados por ahí, al entrar en la habitación el griterío histérico y el correteo alborotado para salir de la habitación eran cosa de terror: "¡Aaayyy!" "¡Aahh!" "¡Oh, nooooo!" "¡Nooo!" y el corre-corre desesperado de los chicos saliendo de la habitación…

Sucedió que una familia de pequeños ratones que, sintiéndose invitada por toda la comida regada por todas partes, había decidido presentarse y agradecer en persona el favor hecho. Pero al dar la cara y sonreírle a uno de los chicos, de inmediato los pequeños ratones se sintieron aterrados y confundidos por la alarma y el griterío de éste. Y, a su vez, los pequeños ratones también salieron corriendo por el mismo agujero por el que entraron. Corrieron aterrados, buscando salvar sus vidas y sus pequeños oídos.

El abuelo fastidioso observada la escena con gran tranquilidad, mientras los ratoncitos salían corriendo por su agujero y los chicos, en alboroto, correteaban gritando y dando saltos tratando de salir de la habitación. El abuelo pensó para sí, y luego dijo: "Me parece escuchar una vocecita diciendo: 'Recojan ese reguero; no dejen comida tirada por todas partes'".

Susurro de jerez

—Dame tu cuello —pidió.

—¿Qué harías con ese regalo? —contestó ella mientras acariciaba entre los dedos una copa de brandy.

—Unos susurros a flor de piel, tan cercanos que rocen apenas tus vellos empinados en anticipación; tan cercanos susurros, que los jurarías por besos —dijo él en voz muy baja.

Ella no dijo nada, y, cerrando los ojos, se sitió mojada.

Él, de torpe, le había derramado la copa de brandy encima, manchándole el vestido.

La lámpara maravillosa

Unos tígueres se encontraron una vaina rara en la playa, parecía una cafetera antigua.

Uno dijo que había visto una cosa así en un libro de Aladino.

—¿Qué tú cree, que si la sobo sale una bruja? —dijo uno explotándose de la risa.

Y comenzó a manosearla y los otros a burlarse a carcajadas.

Y salió un maldito humo coño, después salió un genio y los tígueres asustados.

—¿Qué quieren? ¡Un solo deseo y ya carajo, que hay escasez de todo! —dijo el genio.

A una sola voz dijeron: "¡Queremos ser blancos!"

Se desapareció el genio y al otro día los tígueres salieron en el *Listín Diario.*

De allá

Mil pesos oro

Vivían arrimados en el casón abandonado que en mejores tiempos sirvió de barraca de peones. Y estaban ahí por la merced del viejo capataz, quien fuera compadre del difunto que había dejado a madre y tres mocosos sin amparo.

El casón tenía tantos huecos en el podrido piso de madera, como agujeros en el techo de yaguas y hojalata que acotejaron según desaparecían las hojas de zinc. Pero ahí estaban mejor que en la intemperie. Y una mano de rulos solo necesita sal y agua, y es pan.

Ese fin de semana, con la esperanza del cristiano, compró un boleto de una peseta (sumo sacrificio) para la rifa que hacía la estación de radio del pueblo. Rifaban un toro, con valor de mil pesos oro, el cual traerían de la finca ganadera de los Rivera. Sabía que no debía, que esa peseta era el único dinerito que había visto en meses. Pero ella, cristiana al fin, confiaba en que el niño Jesús la ayudaría con su cruz y con el hambre de sus tres hijos.

"Dios aprieta, pero no ahorca". Ese domingo, con el anuncio del Premio Mayor de la Lotería Nacional, supo —y casi se difunta ella también al oírlo— que se había ganado el toro valorado en mil pesos.

No le hicieron esperar en la entrega y, con el permiso del viejo capataz, soltaron el precioso toro en el antiguo potrero que era ahora patio baldío del casón. Ahí, después de cinco días, el toro pesaba más que tres toros y siete vacas flacas, y era toro y no pesos oro.

Fue con los tres mocosos a la finca de don Pimentel a ofertarle su toro en venta. Estaba dispuesta a aceptar por él no los mil pesos que valía, sino hasta novecientos que le ofrecieran. Don Pimentel miró a los mocosos, le preguntó dónde estaba el toro; le dijo que hasta él había mandado a comprar cuarenta y cinco boletos pues le hacía falta un toro de calidad; y luego le ofreció sesenta y ocho pesos por el toro.

Ella, con nudo como un estropajo atrabancado en la garganta, le reclamó que ese toro valía mil pesos oro. Él le contestó que sí, que en su finca y entre sus vacas probablemente valdría mil quinientos, pero que como propiedad de ella y suelto donde lo tenía, ese toro no valía tres pesos.

Cogió los sesenta y ocho pesos y el estropajo en la garganta no la dejó decir palabra. Se estrujó los ojos, agarró a sus tres hijos y se fue.

De regreso al casón, Jimmy, el mayorcito de los tres, mirándola a la cara y como queriendo consolarla, le dijo: "Mamá, no vale la pena ser pobre".

A otro perro con ese gancho

Desde que Malliguín compró ese Land Rover lo ha estacionado frente a su casa, un poquito más abajo de donde por años su vecino estacionó aquel viejo RAMBLER. Y es en la galería del frente de la casa donde, por décadas, se hacen unas largas tertulias donde se habla de todo y donde hablan todos. De forma espontánea, mucha de la gente que pasa y saluda también se queda un rato, escucha, opina, pone tema, se va. Esta actividad se da, esté o no esté Malliguín ahí; su casa es un punto de encuentro al que la gente acude sin falta. De hecho, ya la gente se refiere al sitio y a la actividad como "La Escuelita".

Y es toda la gente que se reúne allí, hasta los locos del pueblo pasan a diario y se sientan; algunos solo escuchan, pero otros sorprenden con la profundidad de sus sentencias: "No te enamores, que si te enamoras te jodes", siempre decía uno de los que acostumbraban a llegar. Hay, inclusive, perros que se han hecho parte de la tertulia, pues pasan el calor de las tardes refugiados debajo del Land Rover. Ahí echados en la sombra, al lado de una de las ruedas, y donde nadie los molesta, pareciera que a veces pusieran atención a las conversaciones.

En la sombra del Land Rover se refugiaba un perro en particular; y lo recuerdo por flaco y sarnoso. Era obvio que la vida lo había tratado muy mal, que probablemente se pasaba días sin comer, que le había tocado el papel de perdedor en múltiples riñas caninas, y que lo afectaba una sarna por todo el cuerpo que solo de recordarlo me da picazón en la piel. Hoy creo que ese perro sufría también de otra enfermedad, pero no física, sino mental: paranoia. Quizás no, sino que la vida, a golpes, le había enseñado a sobrevivir, a desconfiar de todo y de todos. En otras palabras, era el perfecto perro viralata dominicano.

En el libro *Apuntes*, del Dr. Antonio Zaglul (que es una recolección de artículos publicados en periódicos dominicanos entre 1968 y 1974), hay un artículo titulado "'El gancho': la paranoia del dominicano", y es lo que me hace decir que ese perro sufría de paranoia y "era el perfecto perro viralata dominicano". En su artículo, el Dr. Zaglul dice que el dominicano, como parte de su personalidad, muestra tener síntomas de paranoia; y basa su teoría en la historia del pueblo dominicano con sus caudillos y sus influencias externas, lo cual resume diciendo que esta historia debió haber creado cuadros mentales de paranoide, que: "Había delirio de persecución, pero también había persecución

(colección de relatos breves)

sin delirio". Y esto se manifiesta en el concepto de "el gancho", donde toda acción se interpreta como movida por intereses, motivos ulteriores o segunda intención; así, "el dominicano desconfía hasta de su sombra".

Y resulta ser que una de esas tardes de tertulia, no sé por qué motivo ni razón (pues nunca antes se había compadecido del desafortunado perro sarnoso, ni él ni nadie), el primo Ernesto cruzó la calle y volvió trayendo, desde la fritura de enfrente, un muslo de pollo frito el cual puso muy cerca de la nariz del muerto de hambre y sarnoso perro que dormía debajo del Land Rover. Muy cortos segundos pasaron para que el olfato percibiera el olor del pollo frito y despertara al hambriento durmiente.

El perro se incorporó, y creo que por un instante no sabía si soñaba o eso era un verdadero muslo de pollo frito lo que tenía en frente; luego lo olió, pegando la nariz cerquitica del manjar. Abrió la boca, e instantáneamente, dio un paso atrás, levantó la cabeza y vio que todos los de la tertulia lo miraban con atención. Entonces, como movido por cierto "delirio de persecución", el flaco, sarnoso y hambriento perro salió corriendo como si hubiese visto al diablo.

De eso ya hace varios años, y Malliguín me dice que el perro jamás se ha vuelto a aparecer por ahí.

Para echar lujo

A los veintitrés años consiguió su primer empleo, y así logró contar con una entrada económica fija. Tuvo que ahorrar por meses, ahorro forzado de hasta no desayunar, para poder guardarse esos veinte pesos diarios. Pero a los siete meses pudo comprarse su teléfono celular. Si seguía con el mismo plan de ahorros, sabía que iba a poder pagar la mensualidad del servicio.

El tapicero del pueblo, habiendo sido testigo del sacrificio de la joven, se conmovió de tal forma que le pidió ver el aparato de cerca y tenerlo en sus propias manos. Lo midió por todos lados para sorpresa de ella: "¿Es que piensa que se usan para medir?" pensó para sí. En dos días, con el trabajo esmerado de sus manos, terminó de hacerle un estuche para que esa muchacha pudiera proteger ese aparato, que era la posesión más cara de toda su existencia.

Una vez se lo entregó, ella puso el teléfono dentro y vio que le quedaba ajustado y a la perfección; que el estuche protegería su celular hasta en caso de que se le cayera. Pero se lo quitó al instante, y lo devolvió al tapicero diciéndole: "¡Ay no, gracias! Si meto el teléfono en eso, nadie se dará cuenta de que tengo celular cuando ande por la calle con mi teléfono en el bolsillo trasero del pantalón".

Por dignidad

Esa tarde, al regresar de la gallera, se ahorcó. Una insensatez, pero no era para menos. A la hora de armar su gallo, este, una vez fuera de la funda, se huyó. Su canelo saltó de entre sus manos a una baranda; de ahí a la empalizada, a una mata de tamarindo, al techo de cana de la gallera, y desde ahí saltó a un maizal y no se le volvió a ver.

No era la primera vez que se veía un gallo hacer eso en una gallera, pero era la primera vez que un gallo suyo lo hacía. Claro, la gota que le rebozó el vaso fue el escuchar, desde el asiento delantero de la guagua, como dos que venían atrás contaban lo sucedido: "El gallo, que al momento de sacarlo de la funda vio a su contrincante, de miedo y cobardía dio la cola y salió corriendo".

(colección de relatos breves)

Con el sudor de sus frentes

Hace dos años que se construyó y equipó el hospital general de nuestro distrito municipal, pero lleva ese mismo tiempo sin operar.

Los empleados, quienes fueron nombrados, todos, al terminar la construcción, acaban de declararse en huelga y han hecho un llamado al pueblo en general a que se una a la causa. Llevan dos años sin hacer nada y ahora que el Dr. Roberto Peguero, Director General de Hospitales, anunció que el hospital se pondrá en operación, se ha desatado una ola de protestas y disturbios en las calles del municipio.

Los huelguistas han paralizado toda actividad mediante el bloqueo de la carretera principal que conecta al municipio con los centros laborales de Haina y la ciudad capital. Además, la quema de gomas en varias esquinas y en la parada de guaguas, y las amenazas de agresión contra comerciantes que no cierren sus negocios han hecho la huelga sumamente efectiva.

En declaraciones ofrecidas a un periódico de circulación local, el encargado de limpieza del centro hospitalario explicó el motivo de la huelga: "¡Fíjese usted, uno lleva dos años con nombramiento, cobrando mensualmente y sin dar un golpe! Ahora quieren abrir el hospital, imagínese usted. Si lo abren, entonces habrá que ir a trabajar".

Las hojas de otoño

Fue por el barranco de la Peña Azul, ese que, sobre la segunda curva de la carretera que va a Los Cacaos, queda justo frente al Acueducto Municipal. Ahí quería el profesor Santana recrear la magia de la naturaleza.

Cuando su cuñada le mandó esa cámara de grabar videos VHS (igualita a las que había visto por televisión en los programas en vivo, pero más pequeña), se le encendió el bombillito de dios y vio desfilar por la pantalla de su córtex visual primario —como si estuviera sentado en un gran cine— todas las creaciones que utilizaría en sus clases de biología y ciencias naturales de octavo grado.

Para la escena del barranco pretendía representar la caída de las hojas en otoño, pero ese fenómeno en el Caribe es solamente imaginable. Consiguió a Malliguín de ayudante, para que desde la orilla de la carretera soltara un manojo de hojitas al aire, y él las iría captando en su descenso juguetón —así como lo tenía en su imaginación, producto de alguna cinta cinematográfica que había visto muchos años atrás, cuando en el municipio cabecera de provincia había cine.

Malliguín soltó desde la altura el puñado de hojitas en el momento justo en que el profesor Santana se lo indicó, y este, reculando avivadamente, con toda su atención puesta en lo que veía por el visor de la cámara, por donde todo su campo visual se volcaba a través el ojo que tenía abierto para ver en el blanco y negro del receptor videográfico, pisó en falso, tambaleó aparatosamente y barranco abajo fue a parar.

El video captó unas hojitas, mucho cielo azul, parte de un barranco y un grito descomunal.

(colección de relatos breves)

Colillero

Sentado en un banco casi frente a cine Duarte, esperaba a su novia ese domingo por la tarde. Varios limpiabotas le ofrecieron limpiada, pero no podía gastar un centavo, no tenía. Había gastado todo su capital en las entradas de cine, sin palomitas. Lo que sí tenía era muchas ganas de fumar, y se le iban los ojos hacia las cajetillas desplegadas en las múltiples paleteras a su alrededor.

Vigilaba una cajetilla en particular, de Marlboro, que un paletero tenía destapada y desde donde vendía cigarrillos detallados. La miraba intensamente, como si con la fuerza de su deseo pudiera hacer que un cigarrillo saltara encendido hasta sus labios. ¡Tantas ganas de fumar! Aunque fuera una sola bocanada.

Su novia estaba por llegar, pues faltaba poco para que comenzara la tanda de la tarde, pero él se moría por inhalar humo que le llegara hasta los pulmones, para luego dejarlo salir por boca y narices en piruetas, círculos y nubecitas de humo. Entonces vio a un señor que se detuvo frente al paletero, pidió un cigarrillo, lo encendió, pagó y muy encantado de la vida, mano izquierda en el bolsillo del pantalón, comenzó a caminar en dirección a la avenida Constitución, disfrutando su fumar tan quitado de bulla y rebosante de deleite.

Como si él fuera una cobra y la estela de humo fuera la música que salía seductora de la flauta de un encantador, se incorporó del banco y comenzó a seguir al fumador. Sabía, como sabía que respiraba, que en algún momento tendría que tirar la colilla, y cegado por las ganas ya veía con desesperación ese momento. Recogería la colilla entre índice y pulgar, se pegaría a ella estirando los labios e inhalaría hasta sacarle el último átomo de humo. Con eso, de seguro, calmaría ese deseo que lo dominaba.

El fumador dobló en la Constitución y bajó dos esquinas, sin saberse seguido de cerca y sigilosamente por nuestro amigo, quien ya había olvidado la cita con su novia. Llegaron casi juntos al parque Piedras Vivas; el fumador había doblado a la derecha sobre la calle Duarte y nuestro amigo, como su sombra, no le perdía pisada. Desesperaba y, a la vez, ya casi podía saborear el humo del cigarrillo en su garganta. El fumador dobló a la derecha sobre la General Cabral y siguió calle abajo.

Frente al Cine Duarte, la novia desesperaba. Ya habían cerrado la ventanilla de boletería, y eso quería decir tres cosas: que se habían vendido todas las taquillas; que la película de seguro ya había comenzado;

y que, ¿dónde estaba su novio?

Llegando casi a las puertas de la iglesia Nuestra Señora de la Consolación, vio su ansiedad terminar y su sueño realizarse cuando, con la colilla entre dedos mayor y pulgar, el fumador extendió la mano derecha hacia el lado, y como si sus dedos fueran un resorte, disparó la colilla al aire. Quiso atraparla en el vuelo, pero no pudo, y la colilla cayó en un ínfimo charquito de agua donde se extinguió al instante y por completo.

Adorando al Señor

Mi padre tenía un amigo que vivía al lado de una iglesia. Un día mi padre lo vio y el amigo tenía cara de trasnochado. Mi papá le preguntó que si no había dormido bien y el amigo le contestó que los hermanos de la iglesia habían tenido una vigilia la noche anterior y no lo dejaron dormir; que se pasaron toda la noche entera "Dado' al diablo, gozándose en el Señor".

La venta de hielo

A Machito, su mamá Chichí se lo propuso así: "O los tienes tú, o los tengo yo". Ellos vendían hielo, y una tarde se desapareció una moneda de 10 centavos del menudo que se ponía debajo del mantel, y que era de la venta del hielo. Chichí llamó a Machito y le dijo: "Machito, se han perdi'o 10 cheles, o los tienes tú, o los tengo yo. ¡Vamo' a revisa'no a ve'".

Resulta y viene a ser que Machito tenía la moneda debajo de la lengua.

Vanidad

Nunca había conocido un dolor de muelas, y, claro: carie nunca visitó su dentadura; todavía siendo así, decidió ir a visitar al dentista por primera vez ese abril.

Tuvo que ir a la ciudad ya que en su pueblo no había dentista.

El doctor no le encontró, para su sorpresa, ni siquiera sarro en la boca del amigo, y al final recetó una pasta de dientes (para no dejarlo ir con las manos vacías y hacer así valer el costo su consulta). Al despedirlo le preguntó al paciente si tenía alguna pregunta, y este solo quiso saber por cuánto salía un diente de oro.

Ahorró por los siguientes siete meses y, cuando tuvo suficiente, buscó pleito en la gallera y se las arregló para que de un palo le tumbaran un diente.

Volvió a la ciudad y regresó al pueblo de inmediato.

(colección de relatos breves)

Cuando se le bajó la hinchazón y pudo volver a sonreír, todos en el pueblo pudieron apreciar su nuevo diente de oro.

De un maldito infarto…

El primero de agosto de 1982, nos hicieron suspender el juego sin importar que ya estuviéramos en el *play* calentando. Estábamos emocionados desde hacía días. A mucho sacrificio logramos que viniera a Cambita el equipo de San José de Ocoa, que no queda a la vuelta de la esquina. Toda la contentura se convirtió en tristeza y rabia contenida. Nos supimos impotentes todos. A mí se me hizo ese nudo entre pecho y garganta que se le forma a uno cuando alguien comete una injusticia y hay que tragarse el agravio.

Reconocí ese nudo. Fue el que sentí esa vez cuando, de seis o siete años, bregué y bregué para sacar un pedacito de hielo de un barril hasta que lo logré. No me fue fácil: me fui de boca y hubo que sacarme del barril. Pero salí triunfante con un pedazo de hielo en las manos. Entonces vino Nolo y, sin más ni menos, me

(colección de relatos breves)

arrancó el hielo de entre las manos. Refunfuñé lo que pude, pero él era mucho más grande que yo y no se lo podía quitar por la fuerza. No le bastó con eso, sino que, viéndome llorar, se echó a reír, se comió la mitad del hielo y escupió la otra mitad y me la tiró en los pies. Fue la primera vez que se me hizo ese nudo. Dejé de llorar en el momento, miré a Nolo fijamente a los ojos e imaginé su muerte lenta y agonizante en un desierto sin agua… A mis seis o siete me conformé con pensar que la justicia de Dios le preparaba una muerte larga, agónica y dolorosa, como a todos los abusadores.

Nos suspendieron el juego porque venía Neit Nivar Seijas y una caravana de sus secuaces a juramentar a cuatro gatos; digo, a cuatro miembros de su Partido Acción Nacional (PAN) en Cambita; después de dicho acto, saldría a hacer lo mismo en Yaguate. Es lo que sucede cuando bajan del cielo los dioses: por su seguridad, se suspende toda otra actividad pública, obligando así a mayor concurrencia a sus eventos, ya que a la pobre gente no le queda otra cosa que hacer. Tuvimos que quedarnos callados y pedir disculpas al equipo de Ocoa. Otra vez me conformé pensando que la justicia de Dios le daría muerte larga, agónica y dolorosa a ese señor como a todos los abusadores.

Al día siguiente el *Listín Diario* informó de "la muerte del exgeneral Neit Nivar Seijas, quien ocupó altos cargos en las Fuerzas Armadas y la Policía Nacional, tras sufrir un infarto. Seijas, de 57 años, murió a la 1:25 p.m. dentro de un vehículo en marcha cuando regresaba a Santo Domingo desde Yaguate".

Sé que no lo maté yo, pues mi imaginación iba para lenta, larga, agonizante y dolorosa muerte. ¿Entonces, fue cosa de la justicia de dios, un rápido y casi instantáneo maldito infarto?

Dizque que José se murió

"Tomando licor" dice la canción de Los Hermanos Rosario que estaba más pegada que un chicle medio masticado en la greña de un muchacho; pero no creo que José, en toda su vida, hubiera probado un trago de ron, aunque lo vendiera en su pulpería.

Oye hermano mío ya no llores más,
no vale la pena sufrir ni penar,
por una malvada que ha pagado mal,
no vale la pena mejor olvidar.

No acabes tu vida tomando licor,
no agrandes tu herida demuestra valor,
que al pasar el tiempo todo cambiará
y ella su desprecio tendrá que pagar.

Y, sin duda, esa canción estaba "¡acabando!" y sonaba en todas partes, menos en la pulpería de José, que no tenía equipo de música, como la mayoría de los negocios regados por todas las esquinas. José sí tenía su radito de transistores "para escuchar las noticias" y, por si acaso, "alguna musiquita" que pusieran, y ese "Borrón y cuenta nueva" de Los Hermanos Rosario, lo ponían a cada rato; ¡pero no en el radito de José! que pareciera no podía sintonizar otra frecuencia que no fuera los 690 kilociclos de amplitud modulada.

La pulpería de José quedaba en una esquina, a una cuadra de la casa de mi abuela, con portones laterales y una puerta justo en la esquina misma. Pasando el umbral de las puertas laterales había un largo mostrador de extremo a extremo que cruzaba de puerta a puerta; en el centro, sobre el mostrador y colgando del techo con una soguita de cabuya, un peso de 20 libras de capacidad; frente al mostrador, una fila de sacos arremangados llenos de guandules secos, maíz, habichuelas rojas, etc.; recostados contra las paredes estaban las pilas de sacos de arroz; al fondo, los estantes y aparadores surtidos de toda suerte de productos (desde latas de leche en polvo, hasta botellas de ron); y al centro y detrás del mostrador, la nevera Regina, que almacenaba los refrescos, las cervezas y el constante empeño por hacer hielo.

Yo iba al colmado de José a hacerle mandados a mi abuela y en algunas tardes, después de la escuela, iba a comprar un huevo cuando se habían terminado los del cartón que compraba abuela. Abuela siempre, y desde que tuve consciencia, se empeñó por hacerme ese regalo ya que nunca fui amigo de dulces, helados, ni caramelos. De camino a la pulpería, pasaba por la casa de Cariño, donde habitualmente se mantenía un animado juego de brisca bajo la sombra de un frondoso árbol, por lo que no era raro escuchar a Cariño aclamar exaltado "¡Capote, caray!" Llegando al colmado, era inevitable escuchar la música a tropel que escupían las bocinas del negocio de Caniquín, quien sí, y ya para entonces, tenía equipo de música.

Sería del negocio de Caniquín desde donde le llegaban a José los ecos de ese merengue contagioso, puesto que el radito de José estaba fijo solo en una emisora: "¡Desde aquí hasta la luna, no se oye más que una! H-I-A-W, Radio Guarachita; transmitiendo desde Santo Domingo, ciudad capital, con nuestra antena poli-direccional de 360 grados, y nuestro transmisor RCA convertible de 5 mil vatios de potencia, cubriendo todo el territorio nacional en los 690 kilociclos de amplitud modulada". José, quizás afligido por eso de que la bachata era "música de amargue" o "música de guardias" no admitía del todo su afición por artistas como Rafael Encarnación, José Manuel Calderón o Leonardo Paniagua, y juraba que sintonizaba esa emisora para escuchar noticias, con lo que no faltaba quien le reclamara: "¡Pero José, ahí no dan noticias!", a lo cual él contestaba tímidamente, "de cuando en veces, vale".

Ahí, recostado en la pared entre el portón central y el de la derecha, es donde recuerdo a José: recostado, apoyando la espalda y el pie derecho contra la pared, con el barrigón al desnudo y la camisa terciada sobre el hombro derecho, la mano izquierda metida en el bolsillo del pantalón y alegre, interpretando su versión de "Borrón y cuenta nueva" con voz y expresión lastimeras:

> *"Hermanito mío ya no llore na'a,*
> *no vale la pena vivir y llorar*
> *por esa malvada que te echó en el mal*
> *no vale la pena mejor no llorar".*

Ese es el retrato vivo que guardo de él, y ahora me dicen que José se murió. ¿Y será verdad?

La mamá de Colón

Mazámbula, chofer de carro público de ocupación y vividor de profesión, se consiguió un trabajo en la Secretaría de Turismo como chofer del subsecretario, por allá por los finales de los años 80. Su profesión lo hacía ducho en toda materia, y como tal, no había cosa que no supiera. Así, un buen día, le encargaron darle una vuelta por Santo Domingo, Ciudad Primada de América, a un par de turistas holandeses.

En la Zona Colonial dio detalles de cuanto sabía: desde La Puerta del Conde, el Altar de la Patria y la estatua de Colón, hasta la Catedral, la calle Las Damas, y el Alcázar de Diego Colón, edificaciones que catalogó como las construcciones más viejas del mundo entero.

Según rodaban calle arriba y calle abajo, los

señores turistas hacían preguntas con relación a los edificios y su arquitectura, y Mazámbula se la lució en dar fechas de construcción. Cada ruina o edificio lo databa según su parecer y tomando como puntos referenciales el Ciclón David de 1979, o el Ciclón de San Zenón de 1930 ("de cuando el tiempo de Trujillo"). Lo que le parecía muy antiguo, decía que era de la "época de Matusalén", de cuando llegó Colón, o de cuando la creación del mundo. Los turistas apuntaban datos y daban las gracias.

Pasaron por la Fortaleza Ozama y al aproximarse al monumento a Fray Antón de Montesinos, los turistas preguntaron por la gigantesca estatua que en su larga vestimenta parece vociferar algo mirando hacia el mar. Mazámbula, ejerciendo a plenitud su profesión de vividor, les dijo de forma muy seria: "Esa é' la mai de Colón, cuando le voceó: '¡Mira tú, hijoelagranputa, ¿me va' a dejaquí, é'?!'"

Otras veces no sé

Certeza de incertidumbre

Abrí los ojos sobresaltado —así es siempre, y es la primera indicación— y ya estaba claro afuera —segunda señal—, miré el reloj y marcaba las 6:12 a.m. Las 5:30 a.m. es la hora que tengo programada en mi despertador, y ahora no sé si sonó o no; sé, a ciencia cierta, que me he despertado y que la alarma del despertador no fue lo que me despertó.

Ahora no sé, siquiera, si la oí o no. Lo pienso y puedo reproducir en mis oídos la sensación del *tití tití, tití tití* de la alarma, pero esto solo puedo atribuirlo a mi familiaridad con tal sonido, y no, ni siquiera, a una memoria reciente.

Si un árbol cae en medio del bosque, en soledad, ¿hace ruido?

Aquí estábamos mi reloj despertador y yo, así que mejor hablar de lo que me atañe: testigo soy de que a las 6:12 a.m., en sobresalto, salté de la cama con cuarenta y dos minutos de retraso. Sobre mi despertador y yo, tengo esta mañana apenas certeza de incertidumbre.

(colección de relatos breves)

Asalto frustrado

Se me apagó el motor en plena marcha. Con mi poca habilidad mecánica hice lo que sabía hacer: voltear la llave en el llavín de la ignición repetidas veces y pisar el acelerador compulsivamente, casi pateándolo. Fue cuando los vi acercarse y supe de inmediato sus intenciones: venían a robarme.

"No lo voy a permitir", me dije a mí mismo. "A joder a otro, no a mí". Y desperté.

Patriarcado en tres actos

(*Acto I: Edipito*)

Mario, de cuatro años, abrió más los ojos para poder adivinar mejor lo que hacían las siluetas en la oscuridad: él estaba por detrás, se movían; parecía que toda la cama se moviera. No podía ver bien en la penumbra y quería estar seguro. Les oía la respiración y sabía que eso que hacían, de seguro, era "malapalabra". Se aguantó hasta que comenzara a clarear el día; ya agitado de rabia saltó de su camita gritando: "Qué es lo que ustedes están haciendo ahí, ¿eh? ¡Díganme!" Y, al llegar frente a la cama, encontró a sus padres durmiendo.

Andullo

Sé que no me pediste que me metiera en este rollo, pero tampoco me pediste que no lo hiciera. Aquí nos tienes, y ya te toca tu parte. Te pregunté que cómo podía yo aceptar eso, que te hicieran eso, pues ese calor no era el de tu pecho. Y, sin ni siquiera bajar la vista, no dijiste nada. Sin titubear emprendí a golpes, no sé dónde aprendí a ejecutar tal arrebato de violencia (debió haber sido en algún sitio de la memoria; de niño escuchaba atento las historias de persecución e imaginaba los pormenores de las torturas a que sometían a los "enemigos de la patria").

Lo majé hasta que su ropa se confundía como un paño teñido de sábana y piel; lo colgué de un naranjo y lo envolví como un andullo. Los cabos de la soga de cabuya colgaban y solo algo que parecían dedos quedaba reconocible. Tú los viste, no me lo estoy imaginando. Me los guardé en los bolsillos delanteros del saco (uno en cada uno); luego me fui a echar una mano de naipes. Allí fue donde comenzó la lluvia de piedras, ¿te acuerdas? —sucede con frecuencia en esos barrios de mala muerte—, salí corriendo por el callejón que daba al patio trasero y que conducía al portón de acceso del patio vecino (no tenía candado la bisagra). Crucé; cesaron las piedras, me senté a tomar té y a explicarme en la cabeza cómo pasé de comprar una bicicleta amarilla, de 17 cambios de velocidad, a andullar a un infeliz.

(colección de relatos breves)

Delirio de persecución

Llevaba cuatro días agitadísimo puesto que había demasiado movimiento en el parque. Tenía vagos recuerdos de la infancia, ya que el año anterior también había sucedido lo mismo; pero su memoria de aquel tiempo no era muy clara y le provocaba una dolorosa ansiedad. Cuando fugaces escenas le cruzan por los ojos se aturde, pues son siempre tipo pesadillas: El parque está inundado de actividad humana y él busca refugio en el regazo maternal, pero sus padres se comportan como si nada, como si todo estuviera normal, mientras él grita a tope de pulmón que "¡Están invadiendo el parque!"

Los organizadores de la ceremonia habían instalado para el evento unas treinta y dos mil sillas, además de los altos parlantes, la alta plataforma del escenario, las banderas y las pantallas gigantescas para la trasmisión televisiva en vivo y en directo, para el beneficio de aquellos asistentes cuya vista directa del escenario era bloqueada por los árboles. Esa mañana, desde antes que amaneciera, comenzaron a llegar padres, familiares y demás invitados a la ceremonia de graduación.

Él se la pasó sigiloso y agitado; ya se escondía en un agujero, ya saltaba de rama en rama: invadían el parque.

Sobre las 10:17 a.m., cuando ya había entrado la procesión principal, los graduandos, la banda de música de marcha y todo, y cuando ya el gentío que desde temprano entraba al parque por las tres entradas designadas por los organizadores comenzaba a sosegarse en sus treinta y dos mil asientos, justo en la entrada de la esquina suroeste, desde una alta rama, cayó al suelo muerto de un infarto una ardilla que desde hacía cuatro días gritaba agitada y saltando de rama en rama: "¡Están invadiendo el parque!"

En paz descanse

Nacimos un 11 de noviembre, sobre las 2 y 22.

Él siempre sacó ventaja de nuestro parecido, hasta con mi novia. Hacía y deshacía y yo pagaba los platos rotos: en la casa, en el parque, en la escuela.

A los 22 tomamos rumbos diferentes: me fui a vivir a Barrow, en Alaska, y él se fue a Ushuaia, en Tierra del Fuego.

Ayer, creyéndolo ya imposible, logré vengarme para siempre: en un día de caluroso verano, sobre la 1 y 11, me morí yo; hoy, bajo una nevada de frío invierno, lo enterraron a él.

Asecho

Es lo de siempre, cuando pasas la noche donde no esté tu cama propia: te la pasas en vela, atrincherado, defendiéndote, acorralado y bajo ataque constante de ruidos insólitos.

"¿Y qué es lo que hacen, que no me dejan en paz?", te preguntas.

Es que viven asechando, a la espera de extraños, para ser escuchados.

(colección de relatos breves)

Mojado

Se embizcó el último trago de cerveza y puso el vaso sobre el mostrador del bar, se levantó para ir a orinar y cruzó el umbral de la puerta del café. Ya afuera, notó que casi todas las mesas estaban ocupadas. Miró su reloj: las 4:17 a.m. Le pareció rara la hora para estar sentado en un colmadón al aire libre, y pensó que por lo general se despertaba a las 5:30 a.m. para ir a trabajar. Cruzó la calle, bajó unos peldaños y se vio frente a una piscina dividida en dos rectángulos pequeños, no mayores de dos a tres metros cuadrados cada uno; el de la izquierda tenía fondo azul —muy propio de una piscina—, pero el de la derecha estaba sin pintar, del color natural de la mezcla de arena amarillenta con cemento gris, pero mojado por el agua.

Se lo sacó dispuesto a desahogarse ahí, pero reflexionó al instante: estaba completamente solo, eso sí, y ese balneario donde se encontraba estaba aislado y desierto; no obstante, pensó que mejor ahí no.

Volvió a bajar unos peldaños, pues era como si las piletas de la piscina estuvieran a un nivel por debajo del de la calle, pero por encima de otro nivel con un pasillo que las rodeaba en forma de herradura. Caminó sobre el mojado piso rústico de piedras y cemento, y penetró en un cobertizo cuyas paredes eran por igual de rústica construcción de piedras y cemento, que parecían mojadas también; pero pudo apreciar que tenían una aplicación de barniz que las hacía lucir así.

Vio primero una puerta con letrero: "Damas" y, seguido, otra puerta con letrero: "Caballeros". Entró, se paró frente a lavabo de cemento con chorrito de agua, típico de balnearios públicos. Se lo sacó y se dispuso a hacer aguas menores mirando el lavabo mojado y el escaso chorrito de agua. Sintió la presión de la orina en su miembro endurecido por las prolongadas ganas de orinar (tenía que mear o explotaría); con un suspiro de alivio sintió la orina salir, miró su reloj que marcaba las 5:30 a.m.. . . y despertó.

Keiselim A. Montás

Foto: Rebel Roberts

Santo Domingo, Rep. Dom., 1968. Desde 1985 vive en EE. UU., donde terminó sus estudios secundarios en John Bowne High School, Flushing, NY; hizo una licenciatura en castellano, con concentración en educación secundaria en Queens College, The City University of New York (CUNY), y una maestría en lengua y literatura castellanas en la University of Cincinnati.

Ha publicado: Pequeños poemas diurnos (poemas, 1992 y 2005); Amor de ciudad grande (poemas, 2006); Reminiscencias (cuentos, 2007); Allá (diario del transtierro) (poemas, 2012; ebook 2013); De la emigración al transtierro (ensayo, 2015); Como el agua (colección de Haikus) (poemas-haiku-, 2016); Ínfimas apreciaciones literarias (ensayo, 2016); Like Water (A Haiku Collection) (poems-Haiku, 2017). Su trabajo literario ha sido incluido en múltiples antologías y sus poemas, fotografías, cuentos, ensayos y entrevistas literarias se han publicado en revistas impresas y digitales. Ha ganado: **Tercer Lugar**, 2001, en poesía, 27vo Premio Literario Chicano/Latino; **Premio Letras de Ultramar**, 2006, en cuento, y 2015 en ensayo; **Primer Lugar** XIX Concurso de Cuentos Radio Santa María, 2012; **Segundo Lugar**, 2014, y **Mención de Honor**, 2015, Premio de Cuento Juan Bosch.

En la actualidad vive en New Hampshire y trabaja en Dartmouth College, donde se ha desempeñado como *Faculty Fellow*, además de su función permanente como director asociado del departamento de seguridad. Su blog: http://keiselimamontas.blogspot.com/

svecesnosé(colecciónderelatosbreves)KeiselimA.MontásDe
nasvecesdespiertoDealláOtrasvecesnoséOtrasvecesnosé(colecció
atosbreves)KeiselimA.MontásDeaquíUnasvecesdespiertoDealláOt
snoséOtrasvecesnosé(colecciónderelatosbreves)KeiselimA.
ásDeaquíUnasvecesdespiertoDealláOtrasvecesnoséOtrasvecesno
lecciónderelatosbreves)KeiselimA.MontásDeaquíUnasvecesdespie
lláOtrasvecesnoséOtrasvecesnosé(colecciónderelatosbreves)
limA.MontásDeaquíUnasvecesdespiertoDealláOtrasvecesnoséOtra
esnosé(colecciónderelatosbreves)KeiselimA.MontásDeaquíU
sdespiertoDealláOtrasvecesnoséOtrasvecesnosé(colecciónderel
eves)KeiselimA.MontásDeaquíUnasvecesdespiertoDealláOtrasvece
Otrasvecesnosé(colecciónderelatosbreves)KeiselimA.Montá
uíUnasvecesdespiertoDealláOtrasvecesnoséOtrasvecesnosé(cole
derelatosbreves)KeiselimA.MontásDeaquíUnasvecesdespiertoDeall
vecesnoséOtrasvecesnosé(colecciónderelatosbreves)Keiseli
MontásDeaquíUnasvecesdespiertoDealláOtrasvecesnoséOtrasveces
(colecciónderelatosbreves)KeiselimA.MontásDeaquíUnasvecesde
DealláOtrasvecesnoséOtrasvecesnosé(colecciónderelatosbrev
iselimA.MontásDeaquíUnasvecesdespiertoDealláOtrasvecesnoséOt
ecesnosé(colecciónderelatosbreves)KeiselimA.MontásDeaquí
vecesdespiertoDealláOtrasvecesnoséOtrasvecesnosé(colecciónde
sbreves)KeiselimA.MontásDeaquíUnasvecesdespiertoDealláOtrasv
éOtrasvecesnosé(colecciónderelatosbreves)KeiselimA.Mo
DeaquíUnasvecesdespiertoDealláOtrasvecesnoséOtrasvecesnosé(c
ónderelatosbreves)KeiselimA.MontásDeaquíUnasvecesdespiertoD
trasvecesnoséOtrasvecesnosé(colecciónderelatosbreves)Keise
MontásDeaquíUnasvecesdespiertoDealláOtrasvecesnoséOtrasvece
é(colecciónderelatosbreves)KeiselimA.MontásDeaquíUnasveces
toDealláOtrasvecesnoséOtrasvecesnosé(colecciónderelatosbre
eiselimA.MontásDeaquíUnasvecesdespiertoDealláOtrasvecesnoséO
vecesnosé(colecciónderelatosbreves)KeiselimA.MontásDeaq
svecesdespiertoDealláOtrasvecesnoséOtrasvecesnosé(colecciónd
osbreves)KeiselimA.MontásDeaquíUnasvecesdespiertoDealláOtras
séOtrasvecesnosé(colecciónderelatosbreves)KeiselimA.Mo
DeaquíUnasvecesdespiertoDealláOtrasvecesnoséOtrasvecesnosé(c
ónderelatosbreves)KeiselimA.MontásDeaquíUnasvecesdespiertoD
trasvecesnoséOtrasvecesnosé(colecciónderelatosbreves)Keise
MontásDeaquíUnasvecesdespiertoDealláOtrasvecesnoséOtrasvece

Otrasvecesnosé(coleccionderelatosbreves)KeiselimA.Mont
*aquí*Unasvecesdespierto*Deallá*Otrasvecesnosé**Otrasvecesnosé(co**
nderelatosbreves) KeiselimA.Montás*DeaquíUnasvecesdespiertoDea*
*rasvecesnosé***Otrasvecesnosé**(coleccionderelatosbreves)Keiseli
MontásDeaquí*Unasvecesdespierto*Deallá*Otrasvecesnosé***Otrasvece
sé(coleccionderelatosbreves) KeiselimA.Montás*DeaquíUnasvece.*
*rtoDeallá*Otrasvecesnosé**Otrasvecesnosé(coleccionderelatosbre**
KeiselimA.Montás*DeaquíUnasvecesdespiertoDeallá*Otrasvecesnosé**O**
svecesnosé(coleccionderelatosbreves) KeiselimA.Montás*Dea*
*nasvecesdespiertoDeallá*Otrasvecesnosé**Otrasvecesnosé(coleccion**
atosbreves) KeiselimA.Montás*DeaquíUnasvecesdespiertoDealláOtr.*
*snosé***Otrasvecesnosé(coleccionderelatosbreves)**KeiselimA.M
*s*DeaquíUnasvecesdespierto*Deallá*Otrasvecesnosé**Otrasvecesnosé**
cciónderelatosbreves) KeiselimA.Montás*DeaquíUnasvecesdespierto.*
*áOtrasvecesnosé***Otrasvecesnosé(coleccionderelatosbreves)**Kei
mA.Montás*DeaquíUnasvecesdespiertoDeallá*Otrasvecesnosé**Otrasv**
nosé(coleccionderelatosbreves) KeiselimA.Montás*DeaquíUnasv*
*spiertoDeallá*Otrasvecesnosé**Otrasvecesnosé(coleccionderelatos**
es) KeiselimA.Montás*DeaquíUnasvecesdespiertoDeallá*Otrasvecesnos.
rasvecesnosé(coleccionderelatosbreves) KeiselimA.Montás*D*
*Unasvecesdespiertodeallá*Otrasvecesnosé**Otrasvecesnosé(colecci**
relatosbreves) KeiselimA.Montás*DeaquíUnasvecesdespiertoDeallá*
*ecesnosé***Otrasvecesnosé(coleccionderelatosbreves)**KeiselimA
*ntás*DeaquíUnasvecesdespierto*Deallá*Otrasvecesnosé**Otrasvecesn**
oleccionderelatosbreves) KeiselimA.Montás*DeaquíUnasvecesdespi*
*eallá*Otrasvecesnosé**Otrasvecesnosé(coleccionderelatosbreves)**
limA.Montás*DeaquíUnasvecesdespiertoDeallá*Otrasvecesnosé**Otrasv**
snosé(coleccionderelatosbreves) KeiselimA.Montás*DeaquíUna*
*despiertoDeallá*Otrasvecesnosé**Otrasvecesnosé(coleccionderelat**
ves)KeiselimA.Montás*DeaquíUnasvecesdespiertoDeallá*Otrasvecesn
trasvecesnosé(coleccionderelatosbreves) KeiselimA.Montás*1*
*uí*Unasvecesdespierto*Deallá*Otrasvecesnosé**Otrasvecesnosé(colec**
erelatosbreves) KeiselimA.Montás*DeaquíUnasvecesdespiertoDeallá*
*vecesnosé***Otrasvecesnosé(coleccionderelatosbreves)**KeiselimA
*ntás*DeaquíUnasvecesdespierto*Deallá*Otrasvecesnosé**Otrasvecesn**
oleccionderelatosbreves) KeiselimA.Montás*DeaquíUnasvecesdespi*
*eallá*Otrasvecesnosé**Otrasvecesnosé(coleccionderelatosbreves)**
limA.Montás*DeaquíUnasvecesdespiertoDeallá*Otrasvecesnosé**Otras**